RINOCERONTES NÃO COMEM PANQUECAS

Escrito por Anna Kemp e ilustrado por Sara Ogilvie

Traduzido por Hugo Langone

Paz e Terra

10ª edição

Rio de Janeiro

2024

Para Monty, com amor – AK
Para Avril e Robert (ouvidos sempre dispostos a escutar) – SO

Anna Kemp passou sua infância trocando figurinhas e jogando *video games*. Depois de se familiarizar com os livros, começou a escrever histórias infantis e lançou seu primeiro título, *Dogs don't do ballet* [Cachorros não dançam balé]. Quando não está escrevendo, passa seu tempo na Universidade de Oxford, onde trabalha com literatura francesa.

Sara Ogilvie é escocesa e gosta de desenhar tudo o que aparece à sua frente. Suas ilustrações e litogravuras já viajaram o mundo todo, e agora figuram também em livros infantis. Com Anna Kemp, Sara assinou *Dogs don't do ballet* [Cachorros não dançam balé]. Seu trabalho também pode ser visto em: http://www.saraogilvie.com.

Hugo Langone nasceu no Rio de Janeiro em 1987. Como não era muito bagunceiro, preferia ficar em casa na frente da TV e perto dos livros. A paixão pela leitura continuou e, depois de grande, ele se formou em Letras. Hoje, já terminou até o mestrado em teoria da literatura.

Título original: Rhinos Don't Eat Pancakes

Texto © 2011 by Anna Kemp
Ilustrações © 2011 by Sara Ogilvie

Primeira edição da obra publicada na Grã-Bretanha em 2011 por Simon & Schuster UK Ltd., uma empresa CBS Company, 1st Floor, 222 Gray's Inn Road, London, WC1X 8HB.

Texto revisto pelo Acordo Ortográfico da Língua Portuguesa de 1990.

Editora Paz e Terra Ltda.
Rua Argentina, 171, 3º andar – São Cristóvão
Rio de Janeiro – RJ – 20921-3880
http://www.record.com.br

Diagramação: Filigrana

CIP-BRASIL. CATALOGAÇÃO NA FONTE
SINDICATO NACIONAL DOS EDITORES DE LIVROS, RJ

K42r

Kemp, Anna
    Rinocerontes não comem panquecas / Anna Kemp ; com ilustrações de Sara Ogilvie ; tradução de Hugo Langone. - 10.ed. - Rio de Janeiro: Paz e Terra, 2024.
    il.

    Tradução de: Rhinos don't eat pancakes
    ISBN 978-85-7753-138-7

    1. Rinoceronte - Literatura infantojuvenil. 2. Amizade - Literatura infantojuvenil. 3. Família - Literatura infantojuvenil. 4. Literatura infantojuvenil americana. I. Ogilvie, Sara, 1971-. II. Langone, Hugo. III. Título.

10-6208.   CDD: 028.5
                     CDU: 087.5

023059

Você às vezes já teve a impressão de que sua mãe e seu pai não dão a mínima para o que você está falando? Já?! Então você é igual a Daisy.

A mãe e o pai de Daisy nunca escutam o que ela diz. Ela pode dizer que seu cabelo está pegando fogo, que o cachorro engoliu o carteiro... E tudo o que os dois vão dizer é: "Que legal, querida", "Vá contar para o vovô" ou "Você não está vendo que eu estou no telefone?".

Adivinhe, então, o que aconteceu quando Daisy realmente teve algo importante a dizer?

NINGUÉM PRESTOU ATENÇÃO.

A história aconteceu assim . . .

Daisy estava tomando café da manhã quando um rinoceronte grande e roxo entrou cozinha adentro.

Isso mesmo! Um **rinoceronte grande e roxo!**

Ele era grande como um ônibus e roxo como um repolho.

Ele também era um pouquinho esfomeado. Por isso, deu uma mordida na panqueca de Daisy e foi para o andar de cima.

— Mãe! Mãe! — chamou Daisy. — Tem um...

— Fale com seu pai — disse a mãe — que ele
pega o bicho e joga pela janela.

— Pai! Pai! — gritou Daisy. — É grande, é enorme...

— Fique quieta! — disse ele. — A aranha pode esperar.

— Não é uma aranha! — falou Daisy. — É um RINOCERONTE grande e roxo!

Mas, como sempre, **NINGUÉM PRESTOU ATENÇÃO.**

Enquanto isso, durante o dia, o rinoceronte ficou bem à vontade.

Daisy o viu perto dos casacos...

...e se deparou com ele no jardim.

Ela foi espiá-lo no banheiro
e o pegou na privada.

Mas, sempre que tentava
contar aos seus pais, eles diziam:
"Fique quieta! Você não vê que
estamos OCUPADOS?"

Os pais de Daisy ficaram ocupados a semana inteira.

Então, ela começou a conversar com o rinoceronte.

E logo eles se tornaram
bons amigos.

Brincavam com argolas, preparavam pizzas... E o rinoceronte
fazia cócegas em Daisy até ela achar que ia explodir de tanto rir.
Mas os pais dela não percebiam nada.

Até o dia em que
as panquecas acabaram.

— Quem foi que comeu todas
as panquecas? — gritou o pai,
olhando logo para Daisy.

— Foi o rinoceronte — disse ela.

— Rinocerontes não comem panquecas — falou ele.

— Esse come! — exclamou a menina. — Ele estava na cozinha.

— Um rinoceronte? — disse a mãe.

— Na cozinha? — perguntou o pai.

— SIM! — disse Daisy. — Isso mesmo!

O pai e a mãe começaram a rir bem alto.

    — O que virá depois? — caçoavam. — Um tubarão no banheiro? Um urso polar na geladeira?

    — **Olha ele aí!** — gritou Daisy.

Mas sua mãe e seu pai estavam tão ocupados rindo que nem perceberam.

— Vamos, rinoceronte — disse Daisy. — Não aguento mais isso.

O rinoceronte cutucou Daisy com seu chifre, mas ela estava mal-humorada demais até para sentir cócegas.

— Meu pai e minha mãe nunca me escutam — bufou. — Parece que eles estão sempre muito longe daqui.
O rinoceronte suspirou profundamente por suas narinas grandes e roxas.

— Desculpe, rinoceronte — disse Daisy. — Sua casa fica muito longe daqui, não é?

O rinoceronte fez que sim, e uma lágrima lilás escorreu por sua bochecha.

Pobre rinoceronte.

À noite, Daisy sentou e pensou em como poderia levar o rinoceronte de volta para casa.

Ele era muito pesado para ir de balão...

...e muito grande para entrar em seu bote de borracha.

Ela pensou em lhe emprestar a bicicleta, mas o capacete nunca caberia.

Na manhã seguinte, sua mãe e seu pai fizeram uma surpresa.

— Vamos ao zoológico! — disse a mãe. — Assim você poderá ver um rinoceronte DE VERDADE!

— O que você acha? — perguntou o pai, com um sorriso no rosto.

Daisy achou aquela ideia muito boba, pois já havia um rinoceronte perfeitinho sentado no sofá.

No zoológico, Daisy viu girafas amarelas...

papagaios vermelhos e reluzentes...

...tigres pintados de laranja e preto... cobras verdes como a grama.

Mas ela não conseguia esquecer seu pobrezinho rinoceronte roxo.
— Venha, Daisy — disse sua mãe. — Os rinocerontes ficam para lá.

Mas o que era aquilo?

— Céus! — disse a mãe, surpresa.

— Bem, isso explica as panquecas! — exclamou o pai.

Os três correram para casa,
e adivinhe o que encontraram ao chegar?

mais roxo rinoceronte da cidade!

— Eu não disse!? — falou Daisy,
sorrindo de orelha a orelha.

— Vou ligar para o zoológico — correu a mãe.

O rinoceronte parecia assustado.

— Não! — disse Daisy. — Para o zoológico, não.
Ele precisa voltar para casa, que fica muito longe daqui.

— Bem, é melhor nos apressarmos — falou o pai. — O próximo voo
para Muito Longe Daqui sai agora à tarde.

O rinoceronte fez as malas enquanto Daisy procurava o chapéu dele. Depois, todos empurraram seu bumbum grande e roxo no banco de trás do carro

e foram para o aeroporto.

— Vou sentir sua falta — disse Daisy, enquanto o rinoceronte embarcava.
O rinoceronte lhe deu um abraço grande e roxo. Ele também sentiria falta dela.

Em casa, Daisy começou a se sentir sozinha novamente.
Quem escutaria o que ela tinha a dizer agora?

Ela mal sabia que tudo iria mudar.

— Conte-nos sobre o rinoceronte, Daisy — pediu sua mãe.

— Isso — disse o pai. — Conte-nos sobre aquele rinoceronte grande e roxo que adora comer panquecas.

Então Daisy falou sobre a brincadeira das argolas, sobre as pizzas, sobre as cócegas... E adivinhe só o que aconteceu?

Eles escutaram até ela não ter mais nada a dizer.

FOI MARAVILHOSO.

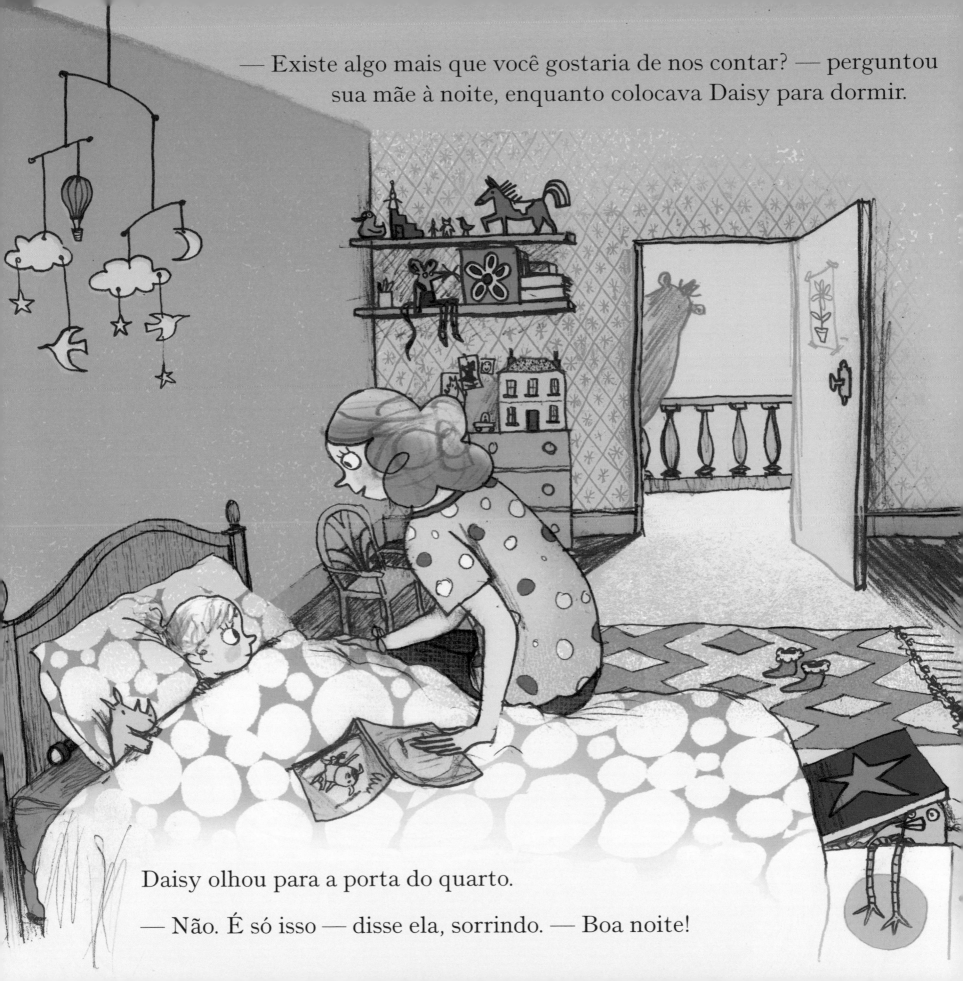

— Existe algo mais que você gostaria de nos contar? — perguntou sua mãe à noite, enquanto colocava Daisy para dormir.

Daisy olhou para a porta do quarto.

— Não. É só isso — disse ela, sorrindo. — Boa noite!

O urso polar cor-de-rosa podia esperar até amanhã.